KB155468

이금한 시집

너를 닦으면 선명해지는 오늘의 날씨

너를 닦으면 선명해지는 오늘의 날씨

1쇄 발행 • 2023년 11월 10일

지은이 • 이금한
펴낸이 • 박숙현
주간 • 김종경
편집 • 이미상
디자인 • 소산이
펴낸곳 • 도서출판 별꽃
출판등록 • 2022년 12월 13일 제562-2022-000130호
주소 • 경기도 용인시 처인구 지삼로 590 CMC빌딩 307호
전화 • 031-336-8585
팩스 • 031-336-3132
E-mail • booksry@naver.com

목차

1부 질량 불변의 법칙

11   장떡

13   간월도

15   거미의 고백

17   너를 닦으면 선명해지는 오늘의 날씨

19   춘분절의 거리

21   엄마를 잊다

23   베란다의 꽃

24   뻐꾸기 둥지에서 떨어진 새

26   질량 불변의 법칙

28   깨끗한 구두가 빛나는

30   묵은 그리움

32   태풍의 이면

34   어둠이 사라지는 순간

35   외달도에서는

37   순천만 갈대숲

38   그때의 그 자리인 것이냐

2부 투명 카네이션

43   푸른 바람이 분다

45   마음이 붉게 물드는 시간

47   나비잠

49   도루묵 연가

51   조적공의 하루

53   폭설, 겨울비 혹은 사랑

54   방법이 있을 것이다

56   이정표

58   신기루

60   투명 카네이션

62   거실과 안방에 시차가 생겼다

64   표식

66   기억하는 순간 기억되었다

68   너는 그렇게 살고 있었구나

3부 내금강 두타연

73 　금악리의 봄

75 　꽃이 아닌 것은 없다

77 　풍등

78 　너를 상기하다

80 　폭설주의보

82 　밤을 먹을수록 어둠은 깊어지고

84 　피부건조증

85 　내금강 두타연

87 　겨울나기

89 　깨끗하게 잊었기 때문이다

91 　팔월의 하늘

93 　장마가 끝나고

95 　파빌리온

97 　과거로 들어가는 사람들

99 　꽃이 만개하는 순간

101 　독산성의 봄

4부 벽을 쌓는 사람들

105   이별을 약속한 사람들

107   9단지 미화원

109   구조조정

111   파뿌리의 꿈

113   줄을 맞추다

115   바람을 기다리고 있다

117   목공23

119   벽을 쌓는 사람들

121   잡부 한 씨

123   그림자 없이 노을이 진다

125   길 없음 표지

127   관계의 복원

129   너에게 가는 길

131   우리가 언제 꽃으로 만난 적이 있던가

해설

135   사색을 거듭하며 존재의 불투명함을 자각한다

152   시인의 말

1부

질량 불변의 법칙

장떡

비가 내리면
할머니는 눈물을 훔치며 장떡을 부쳤다
비에 젖은 할아버지는 소환되었다
장떡은 순식간에 나오는 깊은 한숨이다
비가 그치기보다 눈물이 나왔다

장떡을 먹는 날은 붉게 젖었다
붉은 맛의 기억은 저절로 젖어 들었다
매콤한 장떡을 베어 물면 날이 금세 개었다
물컹거리는 할머니의 맛

누구든 미소를 지으면 장떡이 되었다
젖은 걸음은 빠르게 마중을 나갔다
그날은 비가 내리고 눈가에는 허기가 맺혔다
잔잔하게 마음을 버무린 손맛이다

장떡 부치는 내내 비가 내렸다

훔쳐도 흐르는 눈물은 마르지 않았다

비는 그쳤다

둥글게 솟아오르는 하늘에

할머니의 장떡이 매운 노을로 물들고 있다

간월도

섬으로 들어가 섬이 되었다
바다를 지나 바다의 끝에 다다랐다
너의 마음은 기억을 공유하였다
시간이 지나 멀어진 관계는 소멸하였다

끊어지며 이어진 간월도 가는 길
바라보는 마음 또한 간간이 끊어졌다
너에게로 들어간 것은 마지막 소통이었다

길이 끝나는 곳에서 더 나아가야 했다
너를 잊지 않으려면 조금 더 기다려야 했다
생각이 사라지는 지점에서
그 간절함을 큰 소리로 말해야 했다

끊어진 길 위로 마음이 이어지고 있다

간월암에는 한동안 낙조가 머물겠다

섬으로 들어가 섬이 된 간월도
만조 위로 붉은 노을이 물드는 시간
바다의 끝에 마음이 가닿았다

거미의 고백

당신이 지나가는 길목에 숨죽이고 기다려요
경계를 지나칠 때는 외줄을 타야 합니다

당신의 숨결부터 손짓 하나까지 감지하는
예민한 심장을 꺼내 놓았어요
바람이 멈추고 빗방울에 걸린 햇살이 빛나지요

서로가 서로를 잡아먹는 순간까지 기다립니다
어느 구역으로 달려가고 다가오는 모든 걸
팔방의 촉수로 잡아내지요

당신은 경계로부터 더 멀어지겠지만
다시는 빠져나가지 못하도록 엮어냅니다

투명한 길에 시간을 덧대었으므로

당신의 젊음은 길을 잃을 겁니다
흔적을 남기지 않고 되돌아가기는 어려워요

어느 쉼터의 푸른 날
젊은 거미의 고백이 투명합니다

너를 닦으면 선명해지는 오늘의 날씨

너의 모습이 희미해져
자꾸 안경을 벗어 닦는다

창은 닫혀 있고 마음은 겹겹이 쌓여
흐린 날씨가 쉬이 적응되지 않았다
산 너머에 걸려 있던 비구름이 몰려오고 있다
조금씩 젖어가는 창밖 그림자는 집 쪽으로
부지런히 가고 있다

안경을 벗었다 쓴다
빗속을 걸어오는 안개를 닦아내자
산허리를 솟구친 황토 계곡이 하늘에 걸린다
이탈하는 시간들을 제자리로 잡아끄는데
아무리 바라보아도 선명해지지 않고
틀에서 벗어나는 오늘의 날씨

점점 멀어지는 산 너머로 초점을 맞추며
창문을 밀었다 당겼다 또
소파에 깊이 몸을 누인다

너를 닦으면 선명해지는 오늘의 날씨
너의 마음이 자꾸 희미해져
썼다가 벗었다가

춘분절의 거리

길을 달려가다 휴게소에 들른다
마음의 위치를 가늠하기 위함이다
거리를 적산하여 달려갈 속도를 보려는 거다

목적을 바로 두고 휴식에 드는 것은
마음의 색을 가늠하기 위함이다
살아온 삶을 적산하여 농도를 보려는 거다

가다가 언제나 오르막으로 시작하는 길
사랑은 보내준 만큼 더 주어야 하는 내리막길
두 팔을 벌려 거리를 재어보는 것이다

가야 할 길은 갈수록 멀어지고
떠나야 할 시간은 지나간 지 오래

기다리기를 그치는 순간 사라진다
춘분절, 만남과 헤어짐의 길이가 같은 날
길은 떠나간 꼭 그 거리로 돌아와야 한다

제자리에 서서 조금씩 밀리어가는 너

엄마를 잊다

친구의 모친상을 다녀오며 잊었던 길을 걸었다
엄마는 너무 일찍 떠나 멀어져 갔고
마음 어디에도 더 이상 눈물은 없었다
아픔은 몇 차례의 아픔과 도짐을 겪었으므로
늘 덤덤하게 일상에서 걸어 나왔다

엄마는 말을 아끼고 떠나갔다
나서서 배웅하였으나 침묵이 깊었다
몸이 멀리 있으므로 함께하지 못했고
마음이 가까이 있었음에도 바라만 보았다
빌미를 남긴 발길은 얼마나 무거웠을까

그때는 말없이 갈 수밖에 없었을 게다
두고두고 속절없이 회한에 젖도록
어둠은 고독으로 가득 채워지고 있었다

고독이 전부인 밤은 무기력했다

엄마는 조금씩 멀어져 갔다
누구라도 떠나가는 인사를 해야 한다
삶은 매일 새로운 것으로 다가왔지만
떠나간 흔적은 지워지지 않았다

엄마의 기일은 계속하여 돌아오고
오늘도 깊이 새겨지며 지나갈 것이다

베란다의 꽃

동선이 뜸한 베란다 구석에서 꽃이 피었다
선인장은 고독으로 붉은 꽃을 피웠다
메마른 마음에서 화려한 말이 튀어나온 듯

절망에서 꽃이 피어나는 순간
다시 시작해도 좋을 기회가 올 수도 있었다
꽃이 피어난 자리는 굵은 가시였으나
날카로움은 꿈을 품고 있었다

무심했던 시간은 유전되었다
외면했던 가시 하나하나에 너는 피어났다

모두의 눈길을 받는 구석진 베란다
무관심의 시간이 이야기를 걸어오며
붉게 빛나고 있었다

뻐꾸기 둥지에서 떨어진 새

뻐꾸기 둥지에서 떨어진 새는 안다
돌아갈 수 없어 바라봐야만 한다는 것을
둥지에서 떨어지는 순간
밀어내는 그 눈빛을 잊지 못한다
돌아가리라 세상을 반드시 견뎌내리라
떨어져 내리던 절망을 잊으면
다시는 새가 될 수 없다는 것을

새로운 주인이 된 새는
뻐꾸기의 둥지로 날아가는 새는
그 새의 자손이라는 사실을 부인한 채
세상이 온통 자기중심인 둥지의 새는
매일 새로운 꿈을 꾸는 것이다

다시는 누구도 침입할 수 없는

깊고도 푸른 장막을 쳐야 한다

또 다른 새의 알이 탁란하지 않기를

떨어지지 않고 자리를 지키고 남아 있기를

새는 언젠가 마주할 것이다

결국, 다시 알을 품었으므로 그 새와의 해후를

빈 둥지 위로 날아간 새를 바라보던

뻐꾸기 둥지에서 떨어진 새는

질량 불변의 법칙

질량 불변의 법칙이란
들고 남에 공백이 없이 같다는 것이다
네가 떠나간 자리에 무엇이 대체되어
온전히 하나되었나 돌이켜보면 아무 것도 없다
비어 있는 마음 조금과 아직 정돈되지 않은 시간의
여유가 주는 오차가 자리하고 있다

그렇다면 이별이란 공백의 인식이다

떠나가기 싫어하는 마음을 두고
무의식적으로 멀어졌다는 현상의 결과이거나
뒤돌아보며 안도의 미소를 남기는 것은
불안에 대한 도피라 단정하는 것이다

몸이 마음으로 대체되기까지 많은 시간이 소요될

것이다

끝끝내 불변하는 질량을 측정하기 위하여
허전함 속에 자라나는 그리움을 직면해야 되는 것
이다
너를 떠나가는 일은 기억의 대체이다

깨끗한 구두가 빛나는

햇살 가득한 구둣방에 구두들이 마주 앉았다
건물마다 구겨진 시간들이 걸어 나와
하루를 시작하기 전 주름을 서로 살펴주며
고민을 덜어 제 색을 내고 있다

무심해진 시간의 흔적들에 온기를 입고
단장을 마친 구두는 새로운 길을 떠난다
외길을 걸어와 한쪽이 깊게 닳은 뒷굽을 매만지고
처음인 길을 걸어와 이쪽저쪽이 어수선한 모양 또
한
제 길에 어울리게 어우러져야 한다

같은 꿈을 꾸며 살아가는 사람과
함께 꿈을 꾸며 살아가는 사람들
서로가 다른 구두로 서로가 다른 길을 걸어도

걷다 보면 같아지는 지점이 있다

오랫동안 같은 색으로 획일화된 것들이
때론 새로운 색으로 빛나기도 한다
구겨진 구두가 삶의 색으로 변하는 지하구둣방에
햇살이 들이치는 계단이 먼저 걸어간다
길을 떠나는 구두를 신고

묵은 그리움

뒷산 밤나무 그늘이 좋은
고추밭이 묵었다
그 옆 옥수수밭은 두 해 묵었다
그 아래 들깨밭은 처음으로 묵었다
올가을은 거둘 추수가 없다

두 해째인지 세 해째인지 생각도 묵히고 있다

파란 양철지붕에 하늘이 내려앉은 생가터
씨 논에는 벼가 풍년이다
조합에 일임한 논농사만이 기계화로 살아남았다

뒷개울로 내려오는 논도랑 물을 막아
씨알마다 결실이 영그는 뜨거운 햇살
만나지 않으면 사라지는 것들

마음의 거리를 넘어 시간으로 단절되는 관계

마음이 미치지 못하면 쌀농사도 묵을 것이니

그리움 따위야 지금 어디에서 오는지 모를 일이다

태풍의 이면

태풍의 눈에서 너를 만난다
중심에서는 모든 것이 멈추어 서고
주변을 강타한 태풍은 그대로 달려나갔다
종일 궤적을 바꾸는 너의 생각을 알 길이 없었다

가슴속에 아픔을 매섭게 쓸고 가는 태풍
마음 깊이 상처로 살아온 시간은 사라졌다
그 끝으로 들어가지 못했다

태풍이 뒤집어 놓은 그 적막의 한가운데
젖을 만큼 젖은 들판은 흔들렸다
평생을 묻어둔 비밀 하나쯤 순식간에 쏟아놓고
흐느끼며 지나가고 있었다

태풍의 이면을 알 수는 없었다

비는 내리고, 식어버린 너의 가슴 깊은 곳
상처를 딛고 너에게 갈 길이 왔다

어둠이 사라지는 순간

날이 밝으면 별은 빛을 잃는다

눈을 감으면 보일까,
더 어두운 곳으로 향하는 별들

너의 눈빛과 마음이 빛나는 곳으로
조금씩 움직여 간다

어둠이 사라지는 순간 빛나는
너는

외달도에서는

외롭게 떠 있는 섬,
도시의 불빛이 늦게 도달하여
둘레길 걸어가는 그림자가 은은하다
목포 앞바다 섬들에서 무엇이 너에게로 갔을까

번잡함을 벗어난 숲에는 침묵의 소리가 있다
한적한 길에서는 바람이 먼저 멈추어 선다
도시의 불빛을 거두어내자 암흑에서 빛나는 별들

어지럽던 마음이 외길로 들어서는 외달도에는
변하지 않으리라 사랑을 고백하는 언덕이 있다

길 끝에서 결국 이해하게 되는
어디로 들어서도 언젠가는 도착하는 목적처럼

언덕에 오르면 다다르는 바다
먼 바다를 바라보며 그 길에 들어섰다
한 번의 사랑으로,
마음의 섬 외달도에서는
오래 그대로 있어도 좋겠다

순천만 갈대숲

순천만 갈대숲에 서니 알겠네
너를 사랑하던 시절 온통 너뿐이었음을
사방에 흔들리는 갈대처럼
모든 마음이 너를 향해 그리 서 있었음을

순천만에 오니 알겠네
너를 사랑하던 나의 눈 속은 온통
슬픔과 아픔이 가득한 습지였음을

여린 갈대가 푸르게 나부끼는 순간부터
억세게 쇠어 혼자가 되는 시간까지

세월 다 흘려 뭉그러진 갈대를 보니 알겠네
사랑을 세우고 지키는 힘은
나를 뿌리째 다 내어주는 것임을

그때의 그 자리인 것이냐

선산을 지키는 그 나무
그림자를 키우며 그대로 서 있다
마음을 놓지 않았으므로

비비추 꽃은 담벼락에 기대어 피어나다
언제나 그대로 돌아오리라 믿는다
그 마음이 계절마다 제 색으로 피어나므로

그때의 너를 기억하는 것이다

사랑하는 사이에는 멀리서 바라보아도
조금씩 조금씩 가까워진다
계절이 지나가고 마음이 멀어지는 만큼
제 갈 길에 가까워지는 것이다

지난해에 보았던 보라색 꽃이 환하게 피었다

너는 그때의 그 자리인 것이냐

나는 조금 더 다가갔는데

2부
투명 카네이션

푸른 바람이 분다

준비가 되었다
바람에 맞춰 떠나가야 한다
마음이 뜨거워졌다,
날아오르면 소멸하는 바람을 잡고
바람개비는 경계를 벗어나야 한다

지나간 시간은 돌아오지 않는다
날아오르는 바람을 끌어안고 지나치던 때,
벗어나는 순간 그 바람의 경계 또한 사라지므로
망설임 없이 순간을 차고 나가야 한다

노을에 사라지는 자연스런 빛으로 날아야 한다
날카로운 선으로 시간을 가르고
가장 부드러운 면으로 바람을 딛고 올라
바람개비는 궤도를 그려나간다

길을 가려면 가장 가벼워야 한다
바람이 시작된 곳에서 시작하는 삶은
빈 깡통을 가득 채우는 추진의 힘을 딛고
바람개비의 하늘이 된다
푸른 바람이 분다

마음이 붉게 물드는 시간

세 시간의 시차가 유지되는 삶
새벽이 깨기 전에 너에게로 간다

세 시간을 지급하면 너의 아침을 맞는다
무진 세상의 바다는 시퍼렇게 푸르다
단풍이 들고 무서리 내린 태백을 넘기까지
시차를 되돌리면 너의 밤에서 놓여난다

계절을 기억하며 만나 헤어지며 지새우는 밤
배롱나무 잎은 다 떨어지고 없다
아침이 밝기 전에 마지막 단풍은 붉었다

삶의 시차는 거리가 없다, 다가가기까지
너와의 시차는 마주보며 돌아서기까지의 시간
서로에게로 향하는 그 거리에서

온전하게 마음이 붉게 동트는 시간

나비잠

잠을 자다가 길을 놓았다, 민물을 벗어나는 꿈
사방에서 모여들던 계류에서 합류하는 힘
회귀하는 기류와 일치하고 있다

물길이 사라지는 곳에서는 파도가 길을 대신한다
파도가 사라지는 곳까지 맞닿은 민물의 길
남대천 물길을 따라 바람은 들이친다
배들은 항구를 열어 떠나가고 있다

떠나가는 것은 반드시 오겠다는 다짐이다

외진 항구에서 매일 떠나가는 사람들
발원한 마음을 잊지 않고 큰 바다로 간 치어들

민물이 바닷물이 같아지는 지점에서

놓쳐버린 길이 서로 대립하고 있다
반드시 도착해야 하는 길 입구에서
섣부른 발걸음을 딛는다
순간은 돌아오는 꿈이다

도루묵 연가

안목항 모퉁이에 던져둔 통발은 밤새 질척거렸다
낚시꾼들의 모퉁이 바다는 허탕으로 가득 찼다
햇살은 일상의 아침으로 평온하게 부두를 밝혔다

단순한 반발로는 허리를 뀐 그물을 벗어나지 못한
다
그물망 코가 작은 놈들은 다 빠져 나갔고
나머지들은 통발에 걸려들었다
목적은 바다에 남는 것이지 공유하는 하늘이 아니
다

바닷속에도 길은 있는 법, 길은 찾아갔겠지
여명에 해류가 길을 경고했어도, 도루묵 떼는
회오리를 치며 돌진했을 것이다

정리해고가 단행된 아침의 날씨는 질척댔다
모두가 떠나간 빈자리에 남아서
비로소 떠나갈 때가 되었음을 안다
삶의 한순간 고꾸라졌던 자리에 주저앉아서
때늦은 기적의 시간을 만나기도 한다

그 회오리의 함성이 길을 돌이키지 못하고
허옇게 배를 드러냈다
검붉은 희망을 산란하여 꿰어 단 도루묵, 알들
다시 던져지는 통발, 그물코마다

조적공의 하루

눈을 껌뻑거리며 두 사내가 들어온다
무거운 눈이 닮은 그들의 느릿한 걸음은
따스한 날 뒷산 거닐고 지는 햇살이다

하루 종일 등을 대고 쌓았을 벽돌의 수는
헤아려 노을을 다 막을 것이다
허리춤부터는 연을 끊어내는 과정인 것을
서로 막아서 서로가 고립되는 벽
고독을 넘어와 술을 나누는 두 사내는

단절의 수를 헤아려 셈을 하는 장 떼기 삶
단단하지 않은 마음에 주머니는 늘 가벼워
무거운 발걸음은 먼저 선술집으로 향한다

하나는 막걸리를 부어서 한 번에 마시고

다른 하나는 쉼 없이 소주잔을 기울인다
첫눈 녹듯 쌓였던 밤은 사라지고
붉게 물든 노을이 산봉우리를 넘는다

두 눈이
껌뻑거리다가 암전된다

폭설, 겨울비 혹은 사랑

내가 건넨 의미는 한결같았다

내가 가진 마음이 하나인 것처럼

내가 보낸 눈길은 따뜻했다

내가 느낀 체온이 포근했던 것처럼

나는 너만 바라보고 있었다

그러나 너는 때때로 눈으로 내렸고

너의 대부분은 비로 흘러갔다

나는 늘

너에게 내려 쌓였고

너는 늘

흘러가 사라졌다

방법이 있을 것이다

사진 속 골목에 선 사람들이 소란스럽다
그날의 시간은 어두운 공간이다
방법이 있을 것이다, 침묵하는 대화를 듣기 위하여
사진에 빛을 넣자 사람들의 속마음이 드러났다

모든 것이 선명해야 할 이유는 없다
방법이 있을 것이다, 보이지 않는 관계를 찾기 위
하여
서로의 거리감을 표시하는 명암을 가늠한다
그 색감을 보기 위해 가까이 다가갔다

사진 속에 묻혀있던 생각이 그대로 드러났다
뒷골목을 빠져나온 무리의 웃고 떠드는 활달함은
순간을 정지시킨 사진에 어둠과 함께 갇혀 있었다

즐거웠던 순간은 드러나지 않았다
가려져 있던 소란스러움은 의외로 견고했다

사진을 보정하기 전으로 되돌렸다 되돌린다
거리를 가득 채우던 소음들의 선명한 기억이
일제히 소거되는 순간이 있다
방법이 있을 것이다

이정표

너를 찾아 너에게로 가는 길
더 나아가지 못하는 길, 바다에서
어디라도 달려가겠다는 의지는 거세다
발길을 돌리는 해안에 좌표를 찍었다

사천진에서 수로水路 측량점을 가늠한다
돌섬 위에 난 이정표, 길이 열리고 있다
네가 떠나간 길을 들어간 것일까
내가 떠나온 길 또한 멀다

떠나간 마음에 더하여 가고 있다
네가 머무는 곳과 가야 할 곳을 그어
이어지는 길의 선상에 있으므로 안심한다
하늘과 바다 그리고 땅으로 이어지는 길

돌 하나의 무게로 망루에 선다

더 멀리 더 높이 돌섬이 쌓이고 나면

가야 할 길은 선명해질 것이다

사방 선이 바로 이어질 것이다

신기루

마을을 벗어나자 사막이 이어졌다
사막은 마을의 경계에서 새로운 세상을 구축했다
풀리지 않는 갈증과 끝없는 욕구의 길 끝에
독립된 각각의 세상이 있다

독립이란 스스로 막아서는 것이다
새로운 것이 들어오고 되돌아 나가는 순환
변화를 찾아 나가는 새로운 시간들
그 자리에 서서 넘어서는 것이다

얼마나 고독이 깊어야 사막이 되는가
가슴 하나하나가 잘게 쪼개어져
바람에 날리는 순수의 무게로 가벼워지기까지
속을 다 건조해야 하는 것이다

사람들 사이에는 신기루가 있다
사막으로 이어진 관계에서 길을 찾는
절망의 끝을 벗어나는 위로와 안식의 순간
바람이 멈춘 사구의 시간을 공유한다

흔적을 묻고 새로운 삶으로 돌아오는 길
일몰의 사막은 신기루이다

투명 카네이션

카네이션이 한구석에서 말라갔다
마음을 걷어낸 꽃은 쉽게 탈색했다

관심의 눈빛을 더 이상 받지 못해
속을 먼저 드러내 버린 꽃
석 달 열흘 서서히 말라가면서 꽃은
기념일의 따스한 기억을 버리고
박제가 되어가는 걸 예감이나 했을까

그늘에서 말라가던 꽃이
어둠 가득한 창에 비춰진 모습을 숨기며
안으로 더 웅크려 색마저 잃었다
한구석에서 기억이 말라가고 있었다

말라비틀어진 꽃이 살아나는 순간이 있다

다시 향이 터져나며 생기가 살아나는 삶
마른 잎 사이로 마음이 활짝,

투명 카네이션, 피어나는 것이다

거실과 안방에 시차가 생겼다

거실과 안방에 시차가 생겼다
늘 만나지 못하는 사이에는 시차가 생긴다
아내는 안방에서 반나절을 보내고
나는 거실에서 한나절을 보내는 휴일 오후
반나절의 시차로 서로 만나지 못한다
아이들은 각자의 방에서 반나절을 보내고
나는 거실에서 한나절을 보내는 휴일 오후
서로가 다른 공간을 점유하므로
시간은 서로 다르게 흘러가고 있다
마음은 가족의 뒤를 종일 따라다니지만
시차는 조금도 줄어들지 않는다
시간을 공유하기란 여간 세밀한 게 아니다
가족이란 한 몸으로 섞여 살다가
조금씩 타인으로 멀어져 가는 관계이다
생각이 커가는 사이 틈은 벌어져

시차는 점점 커져 가는 것이다
가족이 둘러앉아 식사를 마치고
대화가 순간 끊어지는 때에는
각자의 방을 돌아 나와야 한다
모두의 시간을 다시 맞추어야 한다
휴일이 끝나가는 시간
각자의 일터로 돌아가는 준비로 분주하다
비로소 시차가 맞추어진다
한동안 같은 시간으로 살아갈 것이다
한동안 만나지 못하는 사이

표식

지하 주차장에 차를 세운다
사방으로 똑같은 기둥들이 줄을 선 대형 쇼핑몰
제자리를 찾기 위해 사방선 기호를 표시해 놓는다
현재는 비슷한 것들로 가득하고
과거는 희미한 것들로 가득한 삶의 지번에서

우리는 얼마나 많은 지점을 이어서 살아가고 있는
가
스쳐가는 순간들 중에서 남아있다는 것은
마지막 목적을 향해 가야 하는 진행형 표식이다
가고 있으므로, 다시 돌아올 이유가 있으므로
단지 일렬이던 기둥의 번호는 고유지명이 된다

가슴에 새겨진 선명한 글자를 찾으니 너는 없다
세월이 수도 없이 흘러갔으니

그 마음이 그 자리를 지키고 있겠는가
너는 늘 내 곁을 서성이고 있었겠지만
너는 늘 네 마음의 지표를 바꾸고 있었다

움직이지 않을 굳건함으로 기준을 세운다
너의 마음을 놓아둔 곳으로
잊지 않고 돌아갈 수 있도록 비밀지도를 그린다
주차장의 수많은 기둥들이 무심히 지나친다

너는 어떠한 표식도 남아있지 않았다

기억하는 순간 기억되었다

생각이 소환될 때까지 잠겨있는 비밀
사랑은 늘 과거형이다
모르고 지나쳤던 순간이 생각나기까지
길을 잃은 기억은 그 순간을 벗어날 수 없다

수많은 과거의 단편들 속으로 되돌아가 보지만
속 시원히 만나지 못하고 잊혀져갔다
생각을 꿰어가며 완성되는 현재에 존재하는 너는
다행이다, 끝끝내 지탱하는 아름다움이다

문을 열 때 생각나는 사람
늘 잊지 않던 이름 하나가 닫혔다
이별은 늘 과거에 묻힌 완료형이었다
마주치며 기억하는 순간 기억되었다

기억을 맴도는 과정은 도달하지 못한다

수많은 과거의 단편들을 이어가며

늘 새로운 구성을 시도한다

그리운 이름 하나가 시작되고 있었다

너는 그렇게 살고 있었구나

네가 살고 있는 자리가 너의 천직이다
언덕을 숨차게 오르는 시간
푸른 하늘에는 한동안 바람이 머물렀다
계단의 끝, 그 틈으로 피어난 꽃

더 높이 날아오르기 좋은 길목에서 잠시
숨을 고르며 세상을 여는 것은
잊었던 마음을 풍성하게 소생하여
때때로 계단 밖 바람으로 거스르는 일이다

등을 딛고 오르며 선명해지는 풍경
어느 때에나 꽃피워도 마땅할 일이다
길을 가다 간혹 마주치며 웃는 너는
계단에 뿌리를 내린 들꽃이다

관심에서 벗어난 외진 골목에서
마침내 꽃을 피워 세상으로 나아가는 삶,
새 세상을 향해 고개를 내민 계단 사이
가파르게 피어난 아름다움이다

너는 그렇게 살고 있었구나

3부
내금강 두타연

금악리의 봄

금악리를 다시 찾은 것은
봄이었다, 봄은 황톳빛 따스함이었다
고랑을 품은 능선마다 새 숨이 배어났다

기다리던 사람은 저녁이 다 되어 도착했다
어둠은 오랜만의 공백을 채우며 포근해졌다
사랑을 나누던 시간들이 기억을 찾고 있었다
떠나간 누구나 돌아오고 싶은 봄밤,
서로를 찾아오는 마음이 뒷산 어둠을 채웠다

빈 가슴에 싹이 돋는다
먼 산부터 어둠이 다가오는 금악리 언덕
만남은 절정의 문턱에서 헤어짐을 밀고 나왔다

이별은 늘 뒤돌아 멀어지는 발걸음과 같아

천천히 내딛어도 늘 빨라졌다

하늘 가득하였던 별들이 땅의 그림자로 내려와

떠나가는 수입천과 동행하고 있다

꽃이 아닌 것은 없다

꽃밭에 들었더니 꽃이 되었다는 말
믿지 않기로 했다, 믿음이란
꽃이 되는 게 아니라 함께
동화하는 시간이고, 향기를 나누는 마음이다

흔들며 불어온다고 다 바람이겠는가
믿기나 하겠는가, 멈춤과 사라짐까지도
바람의 모습이다, 지나가고 난 뒤에도
여전히 제자리에 머물고 있는

애초에 꽃이었는데 모르고
바람결에 떨어져 버린 낙화의 탄식
꽃이어서 향기로웠음을 기억하며
몇 번이고 피어나는 것이다

정지된 것이 시간만이 아님을 알 때

꽃밭에 들었는지 꽃이 되었는지

활짝 피었다가 지는 분분한 꽃밭에서는

그저 꽃이 아닌 것은 없다

풍등

바람이 부는 날에는 바람을 타야 한다
오늘, 지상의 마지막 비상인 바람을 타고
해가 빛을 다 털어내기 전 떠나야 한다
소망을 담아 오르는 풍등은
바람이 없는 곳까지 날아가고 있다
기다리던 시간의 아픔은 사라지고
망설이던 순간을 두고 풍등은 높이 오른다
바람이 부는 날에는 바람을 타야 한다
오늘, 바람은 하늘에 이르는
처음의 비상이다

너를 상기하다

처음 지나는 길에서 너를 떠올린다
너를 생각하므로 저절로 길이 열리고
낯선 여행길이 낯익어진
깊은 생각 끝에는 늘 네가 있었다

물이 새로이 길을 내는 것은
정해진 길에서 벗어나기 위함이다
물길이 돌아서 새로운 길을 만나는 것은
반드시 같은 길을 가려는 목적의 선행이다

무심코 지나치는 길에서 너를 찾는다
물길 거세게 흘러간 자리에서 기다리거나
아직 오지 않은 만남의 날을 기다리며
길을 잇고자 함이다

누구나 조금씩 새로운 길을 내며 살아간다
가다가 막히는 그 길 또한
길을 내어가며 언젠가 이어갈 것이다
수 없는 시간이 흐른 지금 처음인,

그 길을 스치면서 문득
나, 너를 상기하지 않는가

폭설주의보

눈이 온다는 예보를 듣자
하늘이 곧 흐리고 가슴에 눈이 내린다

너에게 가는 길은 언제나 일방이었다
뒤돌아 사라진 너의 체취를 따라
더 이상 따라갈 수 없었다

어디에서 엇갈렸는지 모르는 세월을 두고
네가 떠난 길을 밟아 나선다
다시 만나지 못해도 혹여, 건넬 말을 준비한다
입안을 굴러다니다 평생 갇히는 말

혹독한 기억의 시간들이 안개로 흩어졌다
폭설로 내렸으면 한다
기억의 조각들이 사이사이 이어져

수묵화 몇 개의 꽃송이 중 어느 하나

붉게, 피었으면 한다

밤을 먹을수록 어둠은 깊어지고

아내가 방으로 들어간 밤, 밤을 먹는다
티브이 소리는 적막에서 고요를 얹고
창에 막힌 어둠은 깊어갔다

밤이 삶아지는 동안 침묵은 여물었다
융화되지 못하는 순간은 지속되었다
허기의 임계점을 지나자 그리움의 속살이 터졌다
밤은 예기치 않는 곳에서 깊어갔다

긴 긴 밤이 달콤하게 녹아나던 그 시간
세상 가득 창밖은 포근하였다
혼자 삼키는 밤의 기억들이 빛났다

밤은 기억을 벗음으로 소임을 다했다
아득했던 껍질이 벗겨지고 이면의 시간을 찾았다

단단했던 마음이 노랗게 익은,

밤을 먹을수록 어둠은 깊어지고 있다
티브이 볼륨은 과거의 침묵에 갇히고
밤이 깊은 아내의 방 앞에서 목이 메인다

피부건조증

사흘을 계속해 비가 내렸다
가을은 깊은 산자락까지 젖어들었다
건조한 피부에 온몸을 긁어대던 청계산은
무겁게 젖은 안개비를 밀고 마을로 내려왔다
하늘이 개면서 마음은 가벼워져
사람들은 붉은빛으로 물들기 시작했다
양재천의 돌섬 위로 거센 물결이 넘치고 있다
채 붉어지다만 나뭇잎이 떨어졌다
그리운 얼굴 하나 선명하게 달려있었다
이수봉에 내린 빗방울들이 쉼 없이 다가와
메마른 우면동 길을 다 적시고 흘러갔다
온몸을 밤새 긁적이던 부산스러움과
구석구석 갈라지던 피부는 대부분 봉합되었다
그 계절에 묵묵히 길을 내준 청계산 자락은
피부건조증을 털어내고 있었다

내금강 두타연

세상의 처음인 고요함이다
감춘다고 가려질 마음이 너의 물결이었다면
경계를 벗어나 흐르지 않았을 것이다

여울은 폭포를 벗어나는 두타연으로부터
무심히 너의 마음을 찾는 행로이다

반목을 잊으며 파로호로 가는 길
언덕이 아름다운 파서탕이 잔잔히 빛난다

너를 만나며 끓던 낯빛이 물들었을까
단절의 시간을 이어 만나는
고백의 마음이 수없이 안겨 투명해지고 있다

하늘을 반으로 나눈 경계를 지나는 수입천

그 속에는 너의 마음을 그린 물길이 있다
두타연에 그어진 지도의 선에서 멈추는 발길

더 이상 나아가지 못하는 발걸음을 두고
내금강 두타연의 단풍이
너의 가슴에 물들고 있다

겨울나기

집으로 돌아왔다 아내는 졸고
한 주의 무게를 털어낸 세탁기와
소파는 길게 벽에 기대어 늘어지고 있다

양재천의 안개를 걷고 가족들은 돌아왔다

가족들은 각자의 영역을 정하여 살고
주말이 되면 새로운 성을 구축하려 모여들었다
도시의 외곽에서, 마음의 중심을 향하고 있다

지붕 너머 창문으로 보이는 길에서
가족들이 돌아오는 기척을 듣는다
멀어진 거리만큼 바삐 돌아오기 위하여
마음은 가까이 내리고 살게 되었다

고단과 그리움의 무게가 상쇄되는 곳에서
조금씩 강인하게 돌아오고 있는 것이다

내일이면 또 각자의 시간으로 가야 한다
온전히 자기만의 성문으로 들어서는 날
겨울나기는 시작될 것이다

깨끗하게 잊었기 때문이다

그가 떠나던 날은 아무것도 기억나지 않는다
비가 오지는 않았다는 것 말고는
도촌동 뒷골목에서 갈매기살을 구우며
숯불 연기에도 눈물은 흘리지 않았다

가슴속으로는 폭포가 쏟아졌을지 몰라도
담담하게 고기를 구웠고 술잔을 들었다
길가에 앉아 어둠에 깊이 몸을 묻으며
마음을 나누고 배웅을 하였다
굳이 대면할 이유를 찾지 못하였기 때문이다

그가 떠난 그다음 날에도 비는 오지는 않았다
비를 기다린 것은 아니지만
가슴은 마르게 갈라졌으므로 안식이 필요했다
갈라짐이란 온전한 생각이 나뉘어 가는 과정이고

점점 멀어져 다른 세상이 되는 까닭이다

한적한 도로에서 그가 방치된 채 생각났다
길가 습지가 거북등으로 갈라져 메마르던 시절
까마득히 잊었던 그가 기억나는 건
기다리는 사실조차 깨끗하게 잊었기 때문이다

팔월의 하늘

8월의 하늘을 태풍이 휩쓸고 가버렸다
흔적없이 사라졌던 첫사랑의 기억은
모든 것을 지우고 깨끗한 하늘로 돌아왔다

영근 곡식을 걱정하던 마음은
태풍의 끝에서 굳건하게 여물어 갔다
헤어지는 순간은 새로운 기억으로 대체되었다
하늘은 뒤집힌 다음 다시 뒤집어졌으므로

뜨거운 여름이 오고 구름 없는 하늘에는
막연하게 푸른 바람이 분다
새날은 아문 상처를 딛고 눈부시다
먹빛의 하늘은 비를 다 쏟아내었다
천둥과 번개를 치며 구석구석 탈색한 순백

어느 한구석 고통이 없는 깨끗함

이별이 아름다운 팔월의 하늘은

장마가 끝나고

비가 그치고 팔당댐으로 기억들이 하나 둘 모여 들었다.

댐으로 가는 물길은 거칠었지만 이내 고요해졌고 날은 쉬이 저물었다.

댐에 막힌 어둠이 다시 도시로 향하는 출렁거림, 도착하지 못한 소식을 두고 댐을 열어나가는 물길은 멀어지고 있었다.

흙탕물이었던 물길 하나는 계곡의 식당을 들이쳤다가 안방 문갑 깊이 넣어두었던 빛바랜 사진 하나를 찾았고 사진 속 배경을 마을 어귀에 묻어 버렸다. 물길은 유유히 흘러갔다 무엇 하나 남기지 않은 뒷골목의 노파는 머리 한 줌을 움켜쥐고 비 그친 하늘을 쳐다보았다. 떠오르는 기억들이 다 무거운 저녁, 힘없는 눈을 감고 해는 넘어가고 있었다. 고개조차 들어 올리지 못하는 기운으로 모든 상처를 얹은 채 어둠은 깃들었다.

빛바랜 사진을 다시 제자리에 그대로 놓았다. 잃어
버린 것이 기억만은 아니었다

수문을 밀치고 솟구치면서 수많은 물줄기들의 길
이 섞이어 엉켜가고 있었다. 댐을 벗어나가기는 쉽지
않았다. 길은 점점 멀어지고 있었다.

팔당은 얽힌 자들의 기억이 함께 모이는 여울, 서
로가 엉키면서 풀어가고 있다. 비는 그치고, 팔당댐은
수문을 더이상 열지 않았다.

파빌리온

잊혀진 기억이 궤도에 갇힌 채 주변에서 사라져 갔다.

한 사람은 완전히 잊고 있었다.

박수근 미술관 제3전시실 파빌리온의 정원이 밀알을 싹 틔운 것처럼 세월이 지나면서 여유를 가져다 준다

그의 뒷동산의 들풀은 현실과 어울려 구분하기 어려웠다. 풍경은 늘 마르고 초췌한 눈과 궤를 같이했다. 나목이 그렇고 굴비가 그렇다. 그림에서 나와 들창에 서고 식탁에 정갈하게 구워져 놓이면 제격인 구도이다.

처음에는 구릉뿐이었다. 논과 밭이 구름의 그림자로 이랑을 내는 강 건너 마을이었다. 빨래터가 그렇고 시장의 여인이 그렇다. 그림에서 나와 냇물이 흐르고

방망이 소리와 여인네의 웃음소리가 들녘에 여름바람
처럼 멈춰 서 있었다. 뙤약볕에 앉아 온종일 팔리지 않
는 푸성귀를 바라보며 졸고 있는 시장에서 여인은 등에
업은 아이는 잊고 있었다.

비어 있으므로 가득 찬 공간의 여유로움을 갖기까
지 시작되는 모든 작은 것들로부터 모습을 갖추고 우뚝
서는 날을 기다려야 한다.

양구읍 정림리 비행장 터, 비 오는 날 소풍 온 아이
들의 천진한 소리가 남아있는 이야기 속에 터를 잡아
신전처럼 둘러싸인 파빌리온, 사월에 뿌렸다는 호밀은
무성하여 한여름 불지 않는 바람과 함께 숲의 적막을
이룬다.

뜨거운 햇살을 맞으며 땀방울 위로 시원한 바람이
불어 창문에 들이친다. 오래된 날의 기억을 가슴에 새기
며 나서는 길, 정지되었던 시간이 움직이기 시작한다.
여름바람은 끈적거리며 집요하게 파빌리온에 머물
고 있다.

과거로 들어가는 사람들

점심을 먹고 난 후 잠시 잠이 들었던 것인가. 관광 버스는 사강을 지나 제부도를 향하는 해안을 돌아서 야트막한 언덕에 다다랐다. 바람개비 힘차게 돌아가는 능선을 따라 바람이 불고 어느 멈춰진 시간속으로 들어가 버렸다. 돌아가야 할 길을 놓아 버린 것일까. 멈추어 선 기억을 되뇌어도 섬과 섬을 건너던 대교의 중간부터 궤적이 흐려졌다.

소란스러움에 깨어난 햇살이 차안을 가득 메운 색 없는 그림자들을 비추며 기억의 색을 하나씩 입히고 있었다.

소풍 가는 길이었을까. 가방 가득 먹을 것이 채워져 있고 사이사이 과거의 한 지점을 오가고 있었다. 버스는 시간을 거꾸로 달려 결국 제자리로 왔는가 보다.

여행을 떠난 한 무리가 만난 추억의 자리에서 아이

들의 모습은 미래를 달리고 있었다. 예비 없이 도착한 그 시간을 거슬러 조금씩 동화되고 있었다. 오랫동안 전혀 다르게 살다가 왔어도 이질감 없이 살아온 시절의 위치를 바로잡으며 사진을 찍어 멈춰진 시간의 어느 날을 확정하고 있었다. 다시 어울리며 바라보고 있었다.

어깨를 마주 댄 언덕에 풍력 발전기는 바람을 지나보내며 돌기 시작한다.

추억은 예고 없이 만나는 여행이다. 눈을 감았다 뜨는 동안에도 시간은 멀리 갔다가 되돌아오고 있다. 희끗한 머리 가지런히 빗어 넘기자 풋풋한 한 줄기 바람이 되어 아득한 섬 저편을 향하여 사라지고 있다.

한 번 지나간 바람은 어디에서 머무는지 알지 못한다. 시간이 흐르고 나면 지금의 순간을 찾아 바닷가에서 바람의 방향을 볼 것이다.

풍경이 조금씩 비워가면서 세월은 물들 것이고 지금의 순간은 남아 다시 그 시간을 빈 마음으로 추억할 것이다

바람이 불어온다, 풍차가 돌며 추억이 축적되고 있다

꽃이 만개하는 순간

손발 저림이 심해진 것은
겨울이 끝나기 전 매서운 추위 직후였다
땅이 꽁꽁 얼었다가 녹으면서
해빙이 기하학적 문양으로 퍼지자
온몸의 말초혈관까지 약기운이 퍼졌다

불모의 땅은 온몸이 갈라졌고
새 생명은 황무지에 떨림으로 다가왔다
손발의 저림은 이상 신호였다

감각이 사라지고 남은 세포에서
미세한 반응이 나타나기 시작했다
완치된 상처는 과정이었다
제자리를 찾은 봄은 꽃을 피워냈고
감각이 없던 마디마다 감각이 회복됐다

철쭉과 라일락과 봄꽃들의 향기
마음속 잊었던 신경이 살아났다
꽃이 만개하는 순간의 기쁨과 같이
손발의 저림은 절정의 감각이다

독산성의 봄

독산성에 봄이 왔다. 수백 년 된 왕벚꽃나무는 역사를 거슬러 북향으로 서 있다. 꽃향기에 세월의 흔적이 피었다가 날리며 봄을 맞는다. 삶이란 길을 내는 바람과 같아 늘 새로운 모습으로 불어오고 있다. 오산시 지곶동 독산에는 지적삼각점 표지가 있다. 경기도 121번째 기준점이다. 동서남북이 명료한 하나의 점 앞에서 살아온 지점을 가늠해 본다. 수많은 점이 모여서 길이 생겨나고 그 길을 걸어온 행적을 다시 걸어 길을 찾는 것이다.

독산성은 허리가 끊어진 채 무심하다. 신도시가 훤히 내려다보이는 세마대지로부터 다시 길을 놓는다. 벚꽃나무가 한자리에서 같은 모습으로 해마다 같은 꽃을 피우는 이유가 있었을까. 그 마음이 흩날리는 늦은 오후 해탈의 문을 나서자 산성의 높은 벽은 사라졌다. 오

산천을 따라 흐르는 물줄기는 평원을 헤치며 긴 행적을
남기며 가고 있다.

하나의 점으로부터 새로운 길을 놓으며 먼 곳을 바
라본다

독산성에서 시작된 봄은 왕벚꽃나무의 길을 따라
북상하고 있다

역사를 거슬러 오는 봄, 처음부터 길은 놓여있었다

4부
벽을 쌓는 사람들

이별을 약속한 사람들

황토 능선은 뒷산 숲길로 나 있었다
이른 봄, 이별을 약속한 사람들끼리 길을 나선다
민들레 씀바귀 달래와 봄나물이 가득한 산

헤어지기 전 봄나물을 모두 모으기로 했다

떠나가기로 한 마음은 가볍게 피어올라
황토 먼지의 시간은 안개가 되었다
다시는 볼 수 없으리란 손짓은 허공이었다

한나절 캐 온 봄나물 지짐은 향이 진했다
마음을 나누며 맛있게 떠나가자는 약속처럼
각자의 길은 바람에 날리는 공수표가 되었다

만나지 못할 예감은 맞았다

멀리 떨어진 것은 길이지 시간이 아니었다

먼 산 너머로 뒷산 그림자가 사라졌다

땅에서 막 피어난 새싹의 들풀은

점점 억세어지기 시작했다

9단지 미화원

그의 경쾌함은 슬픔이다

활달하게 걸어가는 그의 걸음걸이는
원을 그리지 못하고 사라진다
뒤따라 걷는 그림자 또한 궤도를 그리지만
제자리를 나아가지 못한다

하늘과 땅이 수평으로 교차하는 길에서
하나의 세상으로 통하지 못하는 걸음
한 번은 하늘에 머리를 이고
또 한 번은 땅에 긴 다리를 내딛어
끝내 엇갈리며 나아간다

멀리서 보면 출렁대는
그의 발걸음은 때때로 무겁게 내딛고

보이지 않는 시간으로부터 그는
규칙적으로 걸어 나온다

고단의 길거리 쓰레기를 다 쓸면서 걷는
그의 발걸음은 경쾌한 음계이다

구조조정

무쇠 가마에 물이 끓으면서 기회는 사라졌다
솥은 기포를 일으키며 격렬하게 내몰았다
자리를 차지하거나 사라지는 것은 중요치 않다
세상이 사라지는 순간 새로운 세상은 생성되고
자리에 살아남은 것은 실체가 아니었다

새로운 것들이 들이치며 바뀌는 자리
변화의 순간이 기화되고 있었다
구조조정은 보이지 않게 같아지는 과정이다
세상으로 나아가기 직전, 비등의 순간
사라지는 순간, 다른 모습이 되는 것이다

무쇠솥 끓는 소용돌이 안에서
새로운 세상이 생성되고 있다
늘 그 속에 있는 것이다

우리는 사라지지만

파뿌리의 꿈

도매시장 휴장 전날은 대목이라
떨이로 나온 양파를 모두 받아 놓았더니
햇살 들이치는 한구석에서 싹을 틔우기 시작했다
싱싱한 것들은 주방에서 요리가 되었고
망에서 거스른 시간들은 되돌리지 못하고 사라졌
다
미리 싹을 낸 양파 두어 개 거두었더니
무엇이 바빠서인지 온몸은 거름이 되었고
뿌리를 내리고 줄기를 뻗어 홀로 살아가려는
이 본능의 무모함이 거세다
선택되지 못한 운명을 예감하였으므로
무리와 어울려 동행의 길을 꿈꾸지 못했을 것이다
혹은 운명의 마지막을 감지하였음이다
양지바른 곳에서의 일탈이어도 좋다
목숨을 다하여 생을 이전하는 희망을 품었거나

운명의 마지막에서 택한 순간의 절망이었음이다
잠시간 세상을 살아봤으니 되었겠다
암흑의 순간 자손을 남겼을지도 모를 일이다
허옇게 쉰 파뿌리의 꿈을 놓지 않았으니
빛나는 순간 오지 않겠는가

줄을 맞추다

삐뚤빼뚤 놓여 있는 테이블이 제자리를 잡았다
멀리서 보면 완전하게 틀어졌던 선이
가까이 다가갈수록 제자리에 서 있다
그러니 자연스럽다

너와의 관계도 어긋나 있었지 않았을까
간혹 불거지던 과거의 어느 날이 티격나다가
만나면 모든 게 바르게 이어져 있다고
어긋나 보이는 것 뿐이라고

틀을 벗어나면 바로잡히는 것일까
네 귀퉁이를 한꺼번에 맞추기는 쉽지 않은 법
조금씩 밀고 조금씩 당기고
같은 마음으로 같은 거리를 맞출 수는 없다
보이는 것이 모두 바른 것이 아니듯

옳다고 여기는 것 또한 바르지는 않다

삐뚤어진 대로 살아가고 있는 것은
그만한 세월이 서로에게 다가간 것이니
지나간 시간들이 다소 충돌되면서 마모된다

그 시간으로 들어가면 다 그런 것이다
똑바로 줄을 맞추던지
똑바로 줄을 바라보던지

바람을 기다리고 있다

엉겅퀴 꽃씨는 바람을 기다리고 있다
현장사무소 옆 파헤쳐진 땅에서 쓰러진 채
뒹굴던 엉겅퀴는 줄기를 뻗어
더 멀리 날아가려는 바람을 기다리고 있다

준공이 다가온 현장은 마무리로 분주했고
자리를 옮기려는 시간은 들풀 따위를 외면했다
정해진 곳으로 가야만 대를 이을 수 있다면
열흘을 내리는 비를 견뎌서라도 날아가야 한다

삶은 어긋나며 살아가는 것이므로
날마다 살아갈 터로 날아가는 예행을 한다
잘못 정착한 이생에서 얼마나 눈물을 흘렸는지
투명하게 비추어보는 바람의 꿈

바람이 부는 것은 떠나갈 기회가 있다는 것
어느 들판이나 야산의 군락을 꿈꾸며

다시는 함부로 버려지는 도시의 담장을 두고
끝끝내 살아남기 위함이다

바람에 몸을 맡기는 엉겅퀴 꽃씨는

목공23

키가 훤칠하고 깡마른 체구의 이국인 목수
그의 이름이 목공23으로 불리운 것은 오래되었다
스물세 번째 식권 카드를 부여받는 순간
식판을 가득 채우며 그의 이름은 사라졌다

여섯 시 이십 분 그가 문을 열고 들어섰다
동쪽 창으로는 햇살이 아직 다다르지 못했다
그는 빵을 집어 덜 여문 햇살을 먹고 있다

한 입을 베어 문 자리에 고향의 밀밭이 자라났다
벽에 난 홈을 따라 바람이 새어들었다
시간이 정지된 동안 식사는 끝났지만
이름을 되찾지는 못했다

현장으로 돌아가는 그에게 이름을 불러준다

때마다 만나는 얼굴과 연결되지 않는 이름이
식당을 맴돌고 있다

목공23이 나간 문으로
어깨가 꾸부정한 목공12가 들어오고 있다
햇살이 문과 문 사이에서 빛나고 있다

벽을 쌓는 사람들

벽을 쌓는 사람들은 날마다 스스로를 가두고 있다
벽돌을 쌓아 뒤돌아서면 나올 수 없는 높이를 맞춰
그날의 생각을 조금씩 고체화시켜 나갔다

공간을 가로막는 높은 벽과 시간을 나누며
벽을 쌓는다, 날마다 새로운 틀에서
그들은 갇혀 있던 자신의 마음을 빼어낸다

벽 속에는 각자의 세상이 있다
단절은 소통을 위한 시간의 배려이다

가장 높이 올라간 벽은 천정이 되고
다시 바닥이 된다
어디에선가 격리되었던 시간이 이완되고 있다
그들의 생각은 고립되었다

비밀을 가진 사람들은 날마다 벽을 쌓는다

잡부 한 씨

담배로 구름을 만드는 한 씨는 잡부이다
허드렛일을 도맡아 갈무리하는 매운 손이다
점심을 먹어도 그대로인 배를 매만지며
포만감 없는 그리움을 날려버린다

목을 넘어갔던 담배 연기가 살아 나오고
구름과 같이 어지럽게 흩어지는 오후
딸아이와 아내는 근 한 달째 소식이 없다

비가 오는 날 일당으로는 거리가 멀다
삶은 날마다 오르는 낮은 언덕이다
오르다 지쳐서 머무는 낮은 모래 언덕이다

현장 용역인 한 씨는 뭉게구름이다
언덕을 오르다 하늘에 부딪혀 고개를 숙이는 구름

느릿하게 밥을 먹고는 고개를 숙인 채 담배를 피운
다

한여름 키 넘어 자란 들풀 옆에서 한숨을 뱉는다
막바지 공사판은 어수선하고 현장을 옮겨가게 되
면
구부러진 어깨를 길게 펴고라도 지켜내야 한다

다음 주에는 집으로 들어가야 한다
날씨가 좋아 귀가는 한층 쉬워질 것이다
질긴 인연의 구름을 내어
마지막 담배를 푸른 하늘로 뱉는다

그림자 없이 노을이 진다

하루 일이 끝나자 하루치의 쓰레기가 쌓였다
재활용을 빼고 하루의 흔적은 다 버려졌다
생명을 다한 것들이 마지막 숨을 사르며
다시 되돌리려는 호흡을 내밀고 있다

어둠의 경계에서는 마음이 쉬이 흔들렸다
너에게로 간 마음이 다른 곳으로 간 시간보다
늘 크지는 않았다

버려지고 재활용되는 용도의 순간은 공평했고
빛은 어둠과의 간격을 일정하게 두었다
너의 마음을 다시 나눌 수 있다면
기억이 다 지워지고 난 어디쯤에서 살아날 것이다

무기력을 벗고 돌아서는 발걸음은 가볍다

순서를 기다리던 새로운 시간이 열리고 있다

뜨거웠던 마음은 다시 살아나오려

기억으로부터 분리되고 있다

그림자 없이 노을이 지고 있다

길 없음 표지

길 없음 표지를 보고 들어선다
구도로의 중간에서 사라지는 길
새롭게 지정된 목적의 지점과 통하고 있다

막힌 길에는 들꽃이 무성하였다
꽃들은 그 시간에 그저 피어나고 있었다
길 없음은 누구를 막아서려는 것일까

과거와 단절된 길은 어디로 이어질 것인가

새로이 큰길이 놓이는 신도시
있는 것은 바뀌고 넓혀지고 있다

막힌 길은 남아서 목적을 잊고
들꽃은 다시 침묵에 들 것이다

길 없음 표지를 돌아 나오며
교차로 신호에 멈춰선다

단절된 마음이 지시하는 도로 끝에는
너에게 가는 신호가 켜지고 있었다

관계의 복원

습지에서 피는 꽃은 슬픔을 머금고 있다
계절이 몇 번 지나갔고
너는 너대로 그늘에서 어두워지고 있었다

결국 보이지 않는 담이 쳐지고, 갇혔다
너의 모습을 그리며 살았던 시간
어디에서도 같은 슬픔을 찾지 못했다
담이 헐리기까지 관계를 복원하지 못했다

너와의 사이에는 담이 없었다
습지에서는 그리움이 안겨왔다
나팔꽃이 촉수를 뻗어 담을 넘어가는 이유는
너에게 가기 위함이고 꽃을 보여주기 위함이다

슬픔을 걷어내자 아무것도 없었다

뜨거웠던 순간 담으로 대치하던 습지의 시간들을
처음인 것처럼 기억하는 것이다
관계를 가늠하는 것이다

너에게 가는 길

색과 색 사이에서 멈춘 강
때가 되어도 색을 되찾지 못한 강은 물색을 가눈다
도시의 경계를 건너기 전 채색하려는 것이다

여린 풀빛에서 시작된 너에게 가는 길
팔당댐 관문에 이르러 가장 짙은 마음이 된다
계절의 본심을 찾아 강은 길을 나서고
도시를 가르는 다리 양안에서 맞닥뜨렸다

너는 꽃이 아름답게 늘어진 봄 강
강변에서 노랗게 빨갛게 치장한 꽃을 호위하며
경계를 풀어 부지런히 다가오고 있다

길을 가다 굳건하던 무채색 풍경에서
천연의 색이 마구 입혀지는 봄날

봄의 경계에서 만나는

극한의 관문을 지나 갖춰지는 완전한 색

너에게 가는 길

강은 속심을 내어놓고 있었다

우리가 언제 꽃으로 만난 적이 있던가

가을을 따라가다 보면 너를 만난다
너는 기어코 떠나갈 것이고
가을은 혼자 남아서 한동안 앓을 것이다

너는 불모지가 되어 새 생명을 틔워내고
겨울은 암흑의 시간을 견뎌내겠지만
너와 함께한 그 계절을 만나지는 못할 것이다

가을이 가고 새로운 가을이 온다

가을을 따라가다 뒤돌아본다
이름 없는 꽃이 진 풀로 만나도 좋으리라
어느 눈 내린 들판의 황량을 반갑다 여기며
너를 기꺼워할지도 모를 일이다

바람이 불어 풀이 흔들리는 것이 아니라
마음이 서로 엉키며 흐느끼는 몸짓이다

마음의 끝까지 따라가 본다
우리가 언제 꽃으로 만난 적이 있던가
그 가을을 따라가 본다

해설

사색을 거듭하며 존재의 불투명함을 자각한다

박숙현(작가)

소쉬르[1]는 언어의 최소 단위를 기호(시니피앙과 시니피에로 구성)로 보았지만 라캉[2]은 언어의 최소 단위를 기호가 아닌 시니피앙으로 보았다. 라캉은 시니피에에 대한 시니피앙의 우월성을 강조하면서 의미는 나중에 생산되거나 시니피앙에 종속된다고 했다[3].

이금한 시인의 세 번째 시집 『너를 닦으면 선명해지는 오늘의 날씨』는 라캉이 이야기했듯 시니피앙에 대한 해독이 우선돼야 한다. 마치 암호와도 같은 기호의 연속선 상에 놓여 있는 시니피앙 사이의 상호작용 관계 속에 마침내 이금한의 의도를 읽어내게 된다. 문학은

---

1 스위스의 언어학자
2 프랑스의 정신분석학자, 철학자
3 김석, 「자율적인 시니피앙 논리의 효과인 문학」, 『프랑스 철학과 문학비평』, 한국프랑스철학회, 2008, 18~19쪽.

철학보다 더 철학적이라고 했다. 이금한은 인간 존재의 허무함과 부조리함에 대한 철학적 사유를 통해 철학과 문학의 조우를 시도하고 있다. 이금한의 시가 추상적이고 난해하게 여겨지는 이유는 시니피앙과 시니피에 사이의 연관성이 좀처럼 드러나지 않는 모호성 때문이다. 그럼에도 상징과 비유와 알레고리의 기호로 점철된 이금한의 시는 흡입력이 강력하다. 심연의 세계로 침잠해 들어가는 이금한 시의 윤곽을 유추하면서 마침내 이금한과 조우하는 순간의 기쁨은 매우 크다.

이번 시집은 불안하고 불완전한 인간의 모습과 불확실한 세상에 존재하는 다양한 모순을 폭로하면서 부조리함을 숙명적으로 받아들일 수밖에 없는 나약한 인간 존재에 대한 자각을 이야기하고 있다. 마치 시지프스가 굴러떨어지는 바위를 끊임없이 밀어 올려야 하는 천형을 피할 수 없듯, 이금한은 사색을 거듭하면서 인간 실존의 불투명함을 규명해낼 뿐이다.

불온한 오늘의 날씨

인간의 삶은 불확실성의 연속이다. 인생의 '날씨'는

의지와 무관하며 주어지는 '날씨'를 있는 그대로 인정하는 수밖에 없다. 날마다 새로운 '오늘'을 맞이하면서 '날씨'의 변화에 촉각을 세워봐야 굴곡 없는 삶은 없고, 불쑥 찾아오는 죽음(날씨)은 거역할 수 없다. '오늘의 날씨'는 늘 부조리하며 결코, 내 마음과 상통하지 않는 게 본질이며 숙명이다.

너의 모습이 희미해져
자꾸 안경을 벗어 닦는다

창은 닫혀 있고 마음은 겹겹이 쌓여
흐린 날씨가 쉬이 적응되지 않았다
산 너머에 걸려 있던 비구름이 몰려오고 있다
조금씩 젖어가는 창밖 그림자는 집 쪽으로
부지런히 가고 있다

안경을 벗었다 쓴다
빗속을 걸어오는 안개를 닦아내자
산허리를 솟구친 황토 계곡이 하늘에 걸린다
이탈하는 시간들을 제자리로 잡아끄는데

아무리 바라보아도 선명해지지 않고
틀에서 벗어나는 오늘의 날씨

점점 멀어지는 산 너머로 초점을 맞추며
창문을 밀었다 당겼다 또
소파에 깊이 몸을 누인다

너를 닦으면 선명해지는 오늘의 날씨
너의 마음이 자꾸 희미해져
썼다가 벗었다가

-「너를 닦으면 선명해지는 오늘의 날씨」 전문

시 제목이 「너를 닦으면 선명해지는 오늘의 날씨」
라는 것을 고려하고 시를 읽더라도 마치 암호와도 같
은 기호의 연속은 의미를 정확히 이해하기 쉽지 않게
한다. 해석은 독자의 몫으로 넘어간다. '오늘의 날씨'
와 '너의 마음'을 선뜻 상관 짓기 어렵고, 시인은 처음부
터 중의성을 가진 '너'라는 상징적 기호 뒤에 숨어 '너'
를 착종함으로써 시 읽기는 매우 당혹스러워진다. '너'

가 '오늘의 날씨', '마음', 그리고 나를 상징함과 동시에 결코 피할 수 없는 두려움을 나타낸다고 할 수 있지만 정교한 것은 못 된다. '닫'힌 '창'과 '겹겹이 쌓'인 마음은 보이지 않는 예측불허의 불안함을 상징하며, '안경을 닦는' 행위는 불안함(안개)을 걷어내는 것 같지만, 있는 그대로의 불손한 날씨를 직면하고 수용할 수밖에 없는 불가항력적 굴복을 이야기한다고 할 수 있다.

'오늘'과 '너'는 불가분의 관계이며 '너'(마음)는 '자꾸' 무력(희미)해질 수밖에 없다. 시인은 인간은 부조리한 상황을 초월할 수 없는 존재임을 말하고 있다.

죽음의 한 방향을 향해 흘러가는 시간

인간은 흘러가는 '시간' 앞에 무기력하다. 시인은 제목 「춘분절의 거리」을 통해 죽음 앞에 머뭇거리는 인간을 향해 태어남(봄)과 동시에 죽음(겨울)이 시작됐음을 알려주고 있다. 삶과 죽음의 출발점은 같아 봄이 앞으로 나간 만큼의 길이가 겨울에 공평하게 축적돼 생과 사의 '농도'가 같음을 암시한다. 시인은 '만남과 헤어짐의 길이가 같은 날/ 길은 떠나간 꼭 그 거리로 돌아와야 한다'고 말하며 '조금씩 밀'려 가고 있다고 하여 죽음을 향해가고 있음을 알려 준다.

「조적공의 하루」는 '벽돌 쌓는' 행위를 은밀하게 일출과 일몰에 비유하면서 인간의 생사를 암시하고 있다. '두 사내', 혹은 '거닐고 지는 햇살'이라는 표현을 통해 본의는 드러나지 않지만 생과 사를 유추시킨다. '허리춤부터는 연을 끊어내는 과정'이라는 표현과 '노을'과 '암전'이라는 암호를 통해 인생의 반은 쌓아 올리는 과정이었다면, 반은 있던 곳(죽음)으로 되돌아가는(노을) 과정임을 은연중에 드러낸다. '하루 일이 끝나자 하루치의 쓰레기가 쌓였다/ 재활용을 빼고 하루의 흔적은 다 버려졌다'(「그림자 없이 노을이 진다」)에서도 시인은 쓰레기(죽음)와 재활용(삶)이라는 상징을 통해 생사를 표현하고 있다. '그림자가 없'다는 것은 쓰레기가 다 버려진 무(無)의 상태이기 때문이다. 냉정한 실존적 자각이다.

「나비잠」에서도 시인은 '민물'과 '바닷물'이 '갈라지는 지점'은 '서로 대립'(삶과 죽음의 교차)하며, '반드시 도착해야 하는 길 입구'(죽음)임을 상징적으로 표현하고 있다. 「마음이 붉게 물드는 시간」에서 '삶의 시차는 거리가 없다'라는 표현에 한 치의 멈춤 없이 흐르는 시간의 냉혹함과 허무함이 함축돼 있다. 결국, 인간의 삶이란 「구조조정」의 과정일 뿐이다. '무쇠 가마에 물이 끓'음과 동시에 '기포를 일으키며 격렬하게 내몰'리는 생성과 소멸이 동시 발생하는 부조리한 상황 속에서 '우리는 사라'질 뿐임을 시인은 말하고 있는 것이다.

허공에 흐트러지는 바람

시인은 바람처럼 사라지는 인간의 덧없음과 허무함을 이야기하고 있다. 시인의 의도대로 비어 있는 허공 속 공기처럼 인간은 처음부터 아무것도 없는 무(無)인지 모른다.

준비가 되었다
바람에 맞춰 떠나가야 한다
마음이 뜨거워졌다,
날아오르면 소멸하는 바람을 잡고
바람개비는 경계를 벗어나야 한다

지나간 시간은 돌아오지 않는다

날아오르는 바람을 끌어안고 지나치던 때,
벗어나는 순간 그 바람의 경계 또한 사라지므로
망설임 없이 순간을 차고 나가야 한다

노을에 사라지는 자연스런 빛으로 날아야 한다
날카로운 선으로 시간을 가르고
가장 부드러운 면으로 바람을 딛고 올라
바람개비는 궤도를 그려나간다

길을 가려면 가장 가벼워야 한다
바람이 시작된 곳에서 시작하는 삶은
빈 깡통을 가득 채우는 추진의 힘을 딛고
바람개비의 하늘이 된다
푸른 바람이 분다

-「푸른 바람이 분다」 전문

시인은 인간을 바람개비로 상징했다. '바람이 시작된 곳에서 시작하는 삶'이 '바람에 맞춰 떠나가야'하는 허무한 존재임을 '바람'을 통해 상징하는 것과 같은 의

미다. 인간의 삶을 추진하는 동력조차 '빈 깡통' 속의 바람이며 종국에는 '노을에 사라지는 자연스런 빛'으로 죽음을 맞아야 한다고 말한다. 시인은 인간의 운명을 주재하는 '바람'을 냉혹하고 서늘한 '푸른' 색으로 상징화하여 거역할 수 없는 숙명임을 드러낸다.

삶의 굴레

'뻐꾸기'의 탁란은 자본과 힘의 논리가 지배하는 인간 세상의 부조리와 닮았다. 미국에서 뻐꾸기가 정신 이상자라는 속어로 쓰인다지만 기억상실증 혹은 정신에 굴종적 DNA가 새겨져 있지 않고서야 온전한 정신으로 '뻐꾸기'에게 자신의 '둥지'를 빼앗긴 새가 뻐꾸기 알을 다시 품는 '해후를' 맞이할 수 있겠는가.

켄 키지의 장편 소설 '뻐꾸기 둥지 위로 날아간 새'가 인간 세상을 좌우하는 보이지 않는 힘의 작용을 이야기하듯, 「뻐꾸기 둥지에서 떨어진 새」는 남의 둥지를 약탈한 뻐꾸기가 '세상이 온통 자기중심인' 듯 강자로 등극해 활개치고, '떨어진 새'는 저항도 못 한 채 제도적 모순, 힘과 자본의 논리에 굴복할 수밖에 없는 인간 사회의 비윤리적 횡포와 부조리를 비유한다.

이 시인은 하층 노동자를 「목공23」이나 「잡부 한
씨」라고 불러 최소한의 정체성을 담보하는 이름조차 허
용되지 않는 우리 사회의 몰가치하고 야비한 단면을 무
미건조하게 부각시킨다. 기호로 불리는 이들은 애초부
터 무시당할 수밖에 없는 부속품 같은 하찮은 인간일 뿐
이다. 이들이 처한 무기력한 밑바닥 삶은 '지하구둣방'
에 즐비한 '구겨진 구두'로 상징된다. 「깨끗한 구두가 빛
나는」에서 시인은 '햇살 가득'한 이라는 역설적 표현을
통해 비참함을 부각시킨다. '제 길에 어우러지게'(수준에
맞게) 손질된 구두들은 '햇살이 들이치는' 위장된 희망을
향해 '계단'에 '먼저' 무모한 발을 디딘다. 「도루묵 연가」
에서 '통발, 그물코'에 걸려드는 '도루묵 떼'의 힘찬 '돌
진'도 이처럼 무모하다. 시인은 「9단지 미화원」이 '고단
의 길거리 쓰레기를 다 쓸면서' 비틀거리며 걷는 삶을
'경쾌한 음계'라고 표현해 역설의 절정을 보여준다.

가족의 역설

인간은 '가족'이라는 틀 안에서조차 고립된 벽 속

에 갇혀 혹독한 실존적 외로움을 느끼는 존재다. 헤르만 헤세는 그의 시 '안개 속에서'에서 '어떤 사람도 다른 사람을 알지 못한다/ 누구든 혼자다'라고 하여 질병과 죽음처럼 존재의 부조리함(안개 속) 앞에서 아무도 나를 대신해 줄 수 없는 절대적 외로움을 노래하고 있다.

시인은 「거실과 안방에 시차가 생겼다」에서 '서로가 다른 공간을 점유'한 채 무미건조하게 모였다가 흐트러지는 가족을 묘사함으로써 '타인으로 멀어져가는' 피할 수 없는 고독과 함께 획일화된 사회 부속품으로 복귀하는 현대인의 인간성 상실을 보여준다. 시인은 '마음은 가족의 뒤를 종일 따라다니지만/ 시차는 조금도 줄어들지 않'는다고 토로한다. 언뜻 가족 해체의 안타까움을 이야기하는 듯하지만, 실상은 원초적 외로움에 대한 폭로다. 「겨울나기」에서 '고단과 그리움'을 딛고 '강인'(길들여)해진 '가족'들이 '바삐' '집'으로 돌아오지만 '새로운 성'을 구축하는 아이러니한 상황이 펼쳐진다. 시인은 집을 차라리 지치고 나른하게 녹아내리는 초현실적 공간으로 그려내고 있다. '집으로 돌아왔다 아내는 졸고/ 한 주의 무게를 털어낸 세탁기와/ 소파는 길게 벽에 기대어 늘어지고 있다(「겨울나기」 부분)

시인은 「밤을 먹을수록 어둠은 깊어지고」에서도

'아내가 방으로 들어간 밤, 밤을 먹는다'라는 '밤'의 중의적 표현과 '그리움의 속살이 터'지는 '밤을 먹을수록 어둠은 깊어'진다는 역설적 표현을 통해 가장 가까운 아내가 타인('어둠')처럼 '융화되지 못하는' 인간 사이의 소통 불가능함을 토로한다. '허기의 임계점'을 지나 외로움에 '목이 메'이는 절절한 고독이다.

시인은 「신기루」에서 '사막으로 이어진 관계에서 길을 찾는/ 절망의 끝을 벗어나는 위로와 안식의 순간/ 바람이 멈춘 사구의 시간을 공유한다'라고 하여 인간 사이의 관계 복원은 현실 세계에서는 불가능한 '신기루'에 불과함을 말하고 있다.

길 위의 존재

인간의 무수한 길 중에서 「이정표」는 죽음의 외길에 대한 길 안내다. 앞서거니 뒤서거니 '네가 떠나간 길을' 뒤밟아 가다가 '더 나아가지 못'하는 죽음에 이르러 멈추게 된다. '이정표'는 '네가 머무는 곳과' 내가 '가야 할 곳'을 '이어' 안내 해 준다. 시인은 '이정표'를 통해 '안심'을 느낀다고 말한다. '이정표'가 있어야만 두려움을 떨쳐낼 수 있는 죽음 앞에 나약한 존재를 의미한다. 시인은 「길 없음 표지」에서 '길 없음은 누구를 막아서려는 것일까'라고 묻지만 결국 '너에게 가는 신호가 켜'져 죽음의 종착지에 다다르기 전에는 신호가 꺼지지 않음을 보여준다.

시인은 우리가 도달할 곳은 이미 정해져 있음을 보여준다. '누구나 조금씩 새로운 길을 내며 살아'가는 듯하지만 결국 종착역은 하나다. 시인은 '길 끝에서 결국 이해하게 되는/ 어디로 들어서도 언젠가는 도착하는 목적처럼'(「외달도에서는」)이라고 결론 맺는다. 시인이 두 운법칙을 응용한 제목 '외'달도는 우리가 '도달'해야 하는 '외'길을 이야기하고 있다.

우리는 앞선 이들이 걸었던 길을 '처음인'(「너를 상기하다」) 것처럼 걷는 것이다. 「독산성의 봄」에서 시인은 '처음부터 길은 놓여 있었'다고 하여 되풀이되는 순환 속에 우리는 원래 있던 길을 '처음' 걷는 것이라고 했다. '너와 함께한 그 계절을 만나지는 못'(「우리가 언제 꽃으로 만난 적이 있던가」)하는 단절의 무한 연속 선상에 늘 처음으로 존재하는 것이다.

기억

시인은 존재의 사라짐이나, 혹은 흘러가는 시간에 대한 저항으로 '기억'을 통한 「질량 불변의 법칙」을 성립시킨다. '질량 불변'은 허무(無)에 대한 저항이다. '질량 불변의 법칙이란/ 들고 남에 공백이 없'는 것이나 새로운 것이 '대체'되는 것이 아니라 '네가 떠나간 자리'가 비어 있어 '아무것도' 대체되지 않은 상태를 말한다. 시인은 '이별'은 '공백'이고, '공백'은 '기억'이 '대체'하게 됨을 이야기하고 있다.

'생각은 소환될 때까지 잠겨있는 비밀'과도 같아 '문을 열 때 생각나는 사람'(「기억하는 순간 기억되었다」)처럼 기억은 사라지지 않고 '공백'(허공) 속에 머물러 있어 언제든 소환된다고 했다.

기억을 소환하는 데는 「장떡」과 같은 매개물이 작동한다. '비가 내리면/ 할머니는 눈물을 훔치며 장떡을 부쳤'고 '할아버지'를 소환했다. 시인도 그런 '장떡'을 보면 할머니가 소환된다. 장떡은 '붉게 젖'음이자, 눈물 겹게 '매운 노을'로 퍼지는 기억의 잔상인 것이다.

심지어 '그가 떠나던 날은 아무것도 기억나지 않'았고 '눈물은 흘리지 않았'(「깨끗하게 잊었기 때문이다」)을 정도로 무미건조한 이별이었어도 '가슴은 마르게 갈라' 져 눈물을 대체하는 피폐한 상황이다. 그래서 '거북등 으로 갈라져 메마'른 모습은 기억을 소환하는 기재로 작동해 '까마득히 잊었던 그가' 소환되는 질량 불변이 성립된다.

　시인에게 기억은 박제된 시간이다. '사진 속에' 갇혀 있는 '순간'(「방법이 있을 것이다」)을 언제라도 '사진에 빛을 넣'(기억의 현재화)는 소환 행위를 통해 박제된 시간을 불러낸다. 시인은 '눈을 감았다 뜨는 동안에도 시간은 멀리 갔다가 되돌아'(「과거로 들어가는 사람들」) 온다고 한다.

　기억은 시간에 비례하므로 오래된 기억은 점점 희미해져 '소멸'하듯 '끊어지며' '간간이 이어'(「간월도」)진다. 마침내 '생각이 사라지는 지점'에 맞닥뜨리지만 '잊지 않으려'는 '간절함'으로 시간의 경계를 거슬러 올라간다. '섬으로 들어'가 기억의 빗장을 열어 바다를 기억으로 붉게 물들인다. 시인은 좀처럼 자신을 드러내지 않고 '너' 뒤에 가려진 채 있지만, 간간이 끊어지는 기억을 잇고자 '간월도'로 들어가는 길은 잊혀진 자아로 가는 통로다.

　시인은 「파빌리온」에서 '박수근'의 그림을 박제된

시간에서 풀어낸다. 시인은 기억의 공간에 과거의 시공이 흐트러지지 않고 켜켜이 쌓여 머물러 있다고 생각하고 있으며, 그중 원하는 장면을 꺼내놓는다. 그러나 되살아나 작동하는 시간 여행(기억)은 '불지 않는 바람과 함께 숲의 적막'의 정지된 시간 속, 즉 비현실적 세계에 머물 뿐이다.

태풍의 회복력

인간의 삶과 죽음은 아무도 대신해 줄 수 없고 피할 수 없는 숙명이다. 이금한 시인은 「파 뿌리의 꿈」과 「바람을 기다리고 있다」에서 삶에 대한 본능적 욕망을 그리고 있다. 또 「태풍의 이면」에서 때론 휘몰아치는 태풍처럼 거세게 세상을 돌진해 나가는 단면을 보여주기도 하지만, 이 모든 행위는 눈물과 상처로 얼룩져있음을 이야기한다. 그렇지만 「팔월의 하늘」에서 '태풍의 끝에서 굳건하게 여물어' 가는 인간의 회복력과 희망의 '푸른 바람'으로 위안을 주고 있다. 불확실하고 두려운 '오늘의 날씨' 앞에서 '안경을 벗었다 썼다'를 끊임없이 반복하는 불완전한 존재이지만, '아문 상처를 딛고 눈부시'게 밝은 날도 있음을 보여주고 싶었을 것이다. 이 금한 시인은 희망을 천형처럼 품고 살아야 하는 인간 존재의 부조리를 화두처럼 밀어 올리고 있다.

시인의 말

오늘의 날씨를 가늠해 본다

의미가 상통하는 마음인지

확신이 들지 않았다

눈을 제대로 열어야 했다

보이지 않는 것은 중요하지 않았다

두려움을 잊기에는 시간이 필요했다

시간은 하염없이 지나갔다

봄에서 다시 봄이 되도록

너의 날씨는 불손했다

두려움 외에 아무것도 남지 않았다

비로소 전율이 있었다

너를 닦으면 선명해지는 오늘의 날씨

오늘을 닦으면 선명해지는 너의 날씨

너의 날씨는 늘 새로웠다

2023년 가을 금악재에서

이금한